AF197935

Torsten Ratzkowski, aufgewachsen in Salzgitter, hat in Braunschweig und Lübeck Musik studiert.

Als Gitarrist, Komponist, Orchesterleiter und Musikpädagoge hat er sich international einen Namen gemacht. Seine große Leidenschaft, neben der Musik, sind seine herrlich skurrilen Gedichtausgaben, bei denen er vor nichts zurückschreckt. Kein Thema ist tabu, wie auch dieser neue herrlich verrückte dritte Gedichtband des Wahl-Bad Segebergers über den Tod und seine Folgen zeigt.

Impressum:
© 2024 Torsten Ratzkowski ,
Heinz-Beusen-Stieg 5, 22926 Ahrensburg

ISBN 978-3-384-29969-7 soft cover
ISBN 978-3-384-29970-3 hard cover

Cover und Buchillustrationen: Torsten Ratzkowski
Druck und Distribution im Auftrag des Autors durch
tredition GmbH, Heinz-Beusen-Stieg 5, 22926 Ahrensburg.

Torsten Ratzkowski

Tot sein …

... ist doof

Inhalt

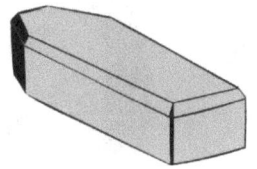

Tot sein

Der Philosoph
Tot sein
Mancher ist enttäuscht
Wie kann man nur so tot sein
Das Skelett
Dicke Luft in der Gruft
Neigt sich das Leben
Ist der Tod nicht ein Idiot?

Der Greis

Jeder Greis weiß
Der Greis
Der Greis auf dem Gleis
Der Greis auf dem Abstellgleis
Dieter von Karlaus Beobachtungen
      Ein Grab wird geöffnet
      Ein Grab wird verschlossen
Ganz leise
Das Sterbetuch

Der Philosoph

Tot sein, sagte mal ein Philosoph,
(Allerdings habe ich dessen
Namen schon wieder vergessen.)
ist genau genommen, wirklich doof!

Kürzlich besuchten wir ein Sarg-Geschäft.
Und da legte sich der Philosoph
doch in jeden einzelnen Sarg
um zu testen, welcher ihm denn wohl am besten lag.
Und ob er das Liegen darin
prinzipiell überhaupt mag!

Denn man liegt ja schon
in immer gleicher Position.
und das für lange Zeit!
Bis uns schließlich ein Bagger aus dem Sarg befreit.
Das ist gar nicht immer klar für Jedermann,
und ob er überhaupt so lange liegen kann!

Also, zum Beispiel **ich!**
Ich weiß noch nicht,

ob ich das mit dem Sarg
vom Prinzip her überhaupt mag!

In ein tiefes Loch versenkt,
vom richtigen Leben völlig abgehängt.
Ob das für mich was wär'?
- das bezweifle ich doch sehr.

Doch mein heißer Tipp der dreht sich um
das neue Krematorium!!!
Dort wird unter Zufuhr großer Hitze
der körperliche Rest vom Leben
einfach so den Flammen übergeben.

Und eins, zwei, drei
ist alles vorbei.
Ist doch gar nicht schlecht.
Mir wäre das jedenfalls recht.

Tot sein

Tot sein ist schon komisch.
Man spürt es eigentlich nicht.

Leben dagegen ist viel schlimmer,
denn das spürt man wirklich immer.
und - so lange man lebt.

Irgendwie ist das auch wieder schön,
denn man spürt sich selbst und weiß,
bald kann man ja auch wieder gehn …

Allerdings – dazu benutzt der Tod das Sterben!
Und das macht meistens nicht viel Spaß!
Dein Leben liegt vor dir in Scherben
und du fragst dich: **War es das?**

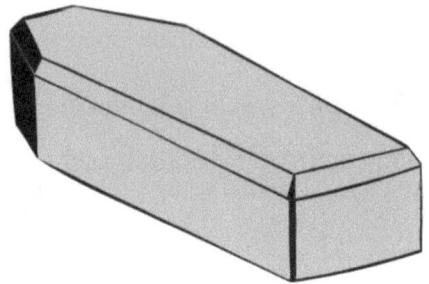

Mancher ist enttäuscht vom Leben

Doch was soll's, - so war es eben!

Wie kann man nur so tot sein?

Man liegt in seinem Sarg
egal, ob man es mag
und füllt ihn aus so gut es geht.
Tot - aber trotzdem - fein
will man schon sein,
wenn man in seinem weißen Hemd
in seinem Sarg liegt
und die Zeit verpennt.
Anfangs ist das etwas fremd:
Man liegt ja nur so da
in der Dunkelheit und wundert sich,
dass nichts geschah,
seit man in dieser Grube liegt.
Und da bekommt man schon so ein Gefühl
von Ewigkeit und Enge!
Andererseits gibt's hier unten kein Gedränge.
Du liegst in deinem Grab einfach nur rum,
allein - und wartest darauf,
daß dich die Maden von innen
alsbald zu zersetzen beginnen.

In meinem Bett liegt ein Skelett

und ich beginne zu schrei'n,
denn da sollte keins sein.

Ich laufe hinaus
aus meinem Haus.

und habe noch mal Glück gehabt:
Der Albtraum ist aus!

In der Gruft ist dicke Luft

In unserer Gruft

ist dicke Luft!

Seit in Reihe neun, Platz sieben,

wieder neue Leichen liegen.

Die alten wurden weggeschafft

Niemand weiß warum.

Dabei war`n wir so eine nette Schar,

verstanden uns ganz wunderbar

und am Abend haben wir alten

Leichen uns gern unterhalten.

Denn viel geschieht ja nicht in so einer Gruft.

Man sagt, die neuen seien mal sehr reich gewesen,

haben im Leben viel bewegt

und sich diesen Platz in der Gruft

unter der Hand zugelegt!

Ob es stimmt? Man weiß es nicht.

Jedenfalls ist der Platz dort begehrt und erlesen

und **viele** wären dort gern gewesen,

wo sie im seichten Wind -

zug schneller am Verwesen sind.

Doch die neuen bleiben leider unter sich.

mit uns reden wollen sie nicht.

Seither ist in der Gruft

nun dicke Luft.

Neigt sich das Leben dem Ende zu

frage ich mich nicht ohne Grund:

Hat sich's gelohnt, lief alles rund?

War mein Leben gut?

Oder war mein Leben schlecht?

War das Leben - na ja, ich weiß nicht so recht ...

Es war auf jeden Fall

ganz anders, als gedacht!

Und trotzdem hab ich mitgemacht.

Vieles war auch wirklich schön

und konnte gar nicht anders geh'n!

Doch dann, irgendwann,

kündigt sich mit großem Knall

das Sterben an!

Der Tod zeigt grinsend sein Gesicht,

ich spür ihn schon, doch ich seh ihn nicht.

Ich hatte ja auch nie mit ihm zu tun.

Und plötzlich ist er da, - was nun?

Ich habe ihn nie akzeptiert,

den Tod, der jetzt völlig ungeniert

nach meinem Leben stiert.

Schlägt einfach zu und holt mich ab

in sein ewig dunkles Grab!

Nö!

Ohne mich!

Mach ich nich!

Ist der Tod nicht ein Idiot?

Rafft die besten Tiere, Menschen, Lebewesen -
alle weg, wie nie gewesen.
Und ich frage mich, warum?
Ist der Tod wirklich so dumm?

Oder ist er eher klug?
Und unser Leben war
nur Lug und Trug?
Ich glaube - mit Bedacht –
er hat sich dabei was gedacht.
Und wir haben ja vielleicht
schon lange unser Ziel erreicht?
Wer weiß das schon?
Am besten wohl der Tod!
Aber den will ich als Letzten fragen.
Und außerdem – ganz ohne Not
würde er's mir auch nicht sagen.

Der Greis

oder: das Altern

Jeder Greis
weiß,

dieses schöne Leben
wird uns nur einmal gegeben.

Und dann irgendwann,
schließt sich der Kreis
der Ewigkeit ganz leis'
und das Leben ist gelaufen.

Komm Alter, laß uns lieber einen saufen!

Der Greis

Immer wenn ich in den Spiegel schau,
seh ich einen Greis.

So'n Scheiß!

Auf einem Gleis

liegt ein alter Greis.

Ja, warum **das** denn?

Was macht denn so ein alter Greis

schon wieder auf dem Gleis?

Der hält doch nur den ganzen Verkehr

auf und wer, frage ich dich, wer

biegt das alles wieder hin? Na, wer?

Ich könnte ja mal ne Prognose wagen:

Wir vom Roten Kreuz, würde ich sagen.

Wie immer.

Aber davon hat der Alte Sack ja keinen Schimmer.

Der denkt halt nur an sich,

ans Abnippeln und so.

Aber das kann der doch auch anderswo! Oder?

Ich will ja auch mal nen ruhigen Abend haben!

Vor der Glotze hängen, mit meiner Frau

und -- ja, genau!

Aber das liegt wieder auf Eis!

Nur wegen so ‚nem alten Greis!

Ein Greis läuft im Kreis

Ein Greis
läuft im Kreis
und fragt sich dann
irgendwann:
Komme ich denn
überhaupt mal an?

Auf einem Abstellgleis

Auf einem Abstellgleis
liegt - wie abgelegt - ein grauer Greis
und wundert sich,
dass nichts geschieht!

Denn auf dem Gleis daneben
ist, wie man sieht,
noch ein zweiter Greis am leben.
(Der wird übrigens bald hundert -
- was den Alten selber wundert!)

Nun, sie tauschen einen netten Gruß,
und warten weiter, wie man sieht,
darauf, dass bald was geschieht.

Dieter von Kalaus Beobachtungen:

Ein Grab wird geöffnet,

nach innen strömt frische Luft.

Nach außen kommt dagegen -

- nur noch morbider Duft.!

Ein Grab wird verschlossen,

da ruft's aus der Gruft:

He Leute dort oben,

wir brauchen noch Luft!

Ganz leise

begibt sich der Greis auf die Reise.
„Ach ja, das Leben, das war wirklich schön
- doch nun könnte es auch bald mal zu Ende
geh'n.

Na dann bis bald.

Auf Wiedersehen"

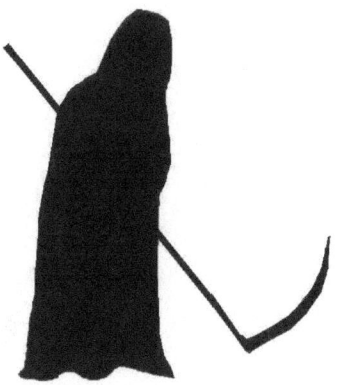

Fundsachen:

Ferien - Friedhof

Liege-Lust

Jetzt bis 10 Tage

Probeliegen!!!

Angebot wegen hoher Nachfrage **verlängert** bis

1. Februar

Das Sterbetuch

Über uns schwebt wie ein Fluch
bleich und matt, das Sterbetuch.
Legt sich flauschig über Zeit und Sinn
und Einsamkeit und schmilzt dahin.

Legt sich zärtlich über unser Leben,
quillt um unsere Einsamkeit
und nimmt uns all das Schöne,
das wir uns so gern gegeben.

Und so senkt sich wie ein Fluch
über uns – das Sterbetuch,

Zeitfracht Medien GmbH
Ferdinand-Jühlke-Straße 7
99095 Erfurt, Deutschland
produktsicherheit@kolibri360.de